L'E

RETAIRE
DU
PARNASSE.

Janvier 1698.

A PARIS,
Chez FLORENTIN ET PIERRE DELAULNE
ruë Saint Jacques, à l'Empereur
& au Lion d'Or.

M. DC. XCVIII.
EC PRIVILEGE DU ROY.

ONSIEUR,

PUIS QUE vous me le commandez absolument, je veux bien me charger de faire la fonction de Secretaire du Parnasse. Je ne me serois jamais rendu à vos empressemens, si quelques Favoris des Muses, à qui j'ai communiqué ce dessein, ne m'avoient encouragé à l'entreprendre, en me promettant de me faire part de leurs lumieres.

C'est donc à eux, & non point à moi, à qui vous serez redevable de tout ce qu'il pourra y avoir de bon dans mes Lettres, que je continûray volontiers tous les mois, pourvû que dans vos Reponses vous me disiez librement votre sentiment sur les ouvrages dont je vous feray part.

La Paix que LOUIS LE GRAND vient de donner à toute l'Europe, sera le sujet de cette premiere Lettre, & me fournira dans la suite assez de quoy vous entretenir, puisqu'elle va faire refleurir les Arts & les Sciences.

Vous avez sans doute apris avec quelle demonstration de joye la France a celebré la Paix ; les autres nations ne luy ont rien cedé en ce point, & l'on peut dire qu'ayant elles seules ressenti les desordres de la guerre, elles ont aussi un plus grand sujet de se rejouir de la voir heureusement terminée.

Ne soyez donc pas surpris, Monsieur, si je commence par vous faire lire des vers, où toutes les horreurs de la Guerre sont representées. C'est afin qu'en les opposant aux douceurs de la Paix, vous en trouviez l'éloge plus agreable.

D'ailleurs comme on n'a point de plus grand plaisir, que de raconter les dangers qu'on a courus, lorsque l'on est hors du peril ; de même il n'est rien de si doux que de parler de la guerre en temps de paix.

Vous sçavez ces Vers du Phœnix de la Poësie chantante :

Heureux qui peut voir du rivage
Le terrible Ocean par les vents agité !
Heureux qui dans le port peut plaindre en sureté
Ceux qui sont dans l'horreur d'un dangereux orage !

Remarquez en passant, que M. Quinaut ne dit pas, comme l'Ariste du P. B** qu'il y a du plaisir à contempler la mer en courroux, qui engloutit les Vaisseaux; mais en plaignant ceux qui sont dans le peril, il adoucit la cruauté qu'il y a à repaître ses yeux du malheur d'autruy.

Vous pouvez cependant considerer la Bataille suivante avec plaisir, sans craindre le reproche d'être inhumain.

DESCRIPTION DE LA GUERRE.

OU courez-vous, Mortels, & quelle est votre rage,
Vous de qui la raison doit être le partage?
Quelle aveugle fureur précipite vos pas
Dans l'horrible peril d'un funeste trepas?
Dans ces combats affreux où votre barbarie
Passe la cruauté des tigres en furie;
Où votre bras tout prest à repandre le sang,
Déchire son semblable, & luy perce le flanc?
N'étoit-ce pas assez du trenchant de l'épée,
Par qui des jours humains la trame étoit coupée?
Et faloit-il qu'un monstre instruit par le démon,
Inventât de nouveau la Poudre & le canon,
D'où ces globes de feu sortant comme la foudre,
Hommes, villes, remparts, réduisent tout en poudre?
Arrêtez, insensez: mais Ciel! il n'est plus tems.
Les guerets sont couverts de morts & de mourans.

Le ſang à gros bouillons ruiſſelant dans les plai-
nes,
Va teindre & fait enfler les rivieres prochaines.
Les vautours devorans & les loups affamez
S'acharnent ſur ces corps encor preſque animez,
Et les airs infectez par une odeur funeſte,
Portent au gré des vents & la fievre & la peſte.
Le Soldat inſolent, guidé par ſa fureur,
Répand ſur ſon chemin l'épouvante & l'horreur,
Viole, abbat, détruit, pille, brule, aſſaſſine;
Quiconque échape au fer perit par la famine.
Tout languit, tout ſe meurt, bois, prez,
champs, animaux,
Et l'Univers retombe en ſon premier cahos.

Cette peinture eſt comme un de ces tableaux en petit; elle ramaſſe bien des choſes en peu d'étendue. La Piéce qui ſuit, eſt de la même main.

DESCRIPTION DE LA PAIX.

LOrs qu'aprés les fureurs d'une cruelle guerre
La Paix deſcend du Ciel pour regner ſur la terre,
Son ſeul aſpect bannit la triſteſſe & les pleurs,
Ramene les plaiſirs, & fait naître les fleurs.
Le Laboureur flaté d'une douce eſperance,
Dans le ſein des guerets renferme la ſemence,
Et l'Eté de retour, fait une ample moiſſon.
Bacchus donne à pleins ſeaux ſa divine boiſſon.
Les troupeaux engraiſſez ſur la fertile plaine,
Prodiguent au Berger le laitage & la laine;

Et l'heureux Vilageois oubliant tous ſes maux,
Danſe avec ſa Bergere au ſon des chalumeaux.
Dans ces tems fortunez les citoyens tranquilles
Vivent paiſiblement dans l'enceinte des villes,
Se livrent à la joye, & paſſent d'heureux jours
Au milieu des feſtins, des jeux & des amours.
L'ambitieux Marchand que tente la fortune,
S'en va courir au loin ſur le dos de Neptune,
Et revenant chargé de precieux treſors,
Des merveilles de l'Inde il enrichit nos Bords.
L'Artiſan delicat, par ſa ſubtile adreſſe,
Aux beautez de ſon art fait ceder la richeſſe;
Et le Savant pouſſé d'un eſprit curieux,
Penetre les ſecrets de la terre & des cieux.
La vertu ſe fait jour, & triomphe du vice,
Protege les Autels, & maintient la Juſtice;
On revere par tout la majeſté des Loix,
Et le Peuple content loue & benit ſes Rois.

Voila, Monſieur, deux tableaux d'une eſpece bien differente. S'ils ont le bonheur de vous plaire, je vous en envoiray ſouvent du même Auteur.

Mais avant que de paſſer outre, ſouffrez que je faſſe reflexion ſur la maniere genereuſe dont le Roy a donné cette Paix, qui va faire la felicité de tant de peuples.

Vous ſçavez la ſituation avantageuſe dans laquelle ſe trouvoit ce Grand Monarque. La Savoye étoit devenuë ſon Alliée ; la Catalogne étoit conquiſe ; il avoit accru ſes frontieres dans les Païs-Bas, de pluſieurs places importantes ; ſes Armées du côté du Rhin vivoient ſur le Païs Ennemi ; ſes Vaiſſeaux venoient d'enlever les treſors de Cartagene, ſes peuples étoient diſpoſez à tout ſacrifier pour ſa gloire ; & les Polonois déferoient leur Couronne à un Prince de ſon Sang : Cependant LOUIS élevé au comble de la proſperité par ſes Armes, ſonge à la Paix, & la procure effectivement à toute l'Europe, lorſqu'elle s'y atendoit le moins.

Avouez, Monſieur, que c'eſt pouſſer la grandeur d'ame au delà de tout ce que l'on peut s'imaginer, & je ne ſçai ſi les Orateurs, ni même les Poëtes pourront trouver des ideés aſſez ſublimes pour mettre cette action dans tout ſon jour.

Celui qui a fait des Vers pour le Portrait de Monſeigneur le Duc de Bourgogne, paroît en avoir compris tout le merveilleux, lorſqu'il met ces paroles dans la bouche de ce jeune Prince :

PETIT-FILS de Louis le Grand,
Cet invincible Conquerant,
Je ne répondray point à ma haute naiſſance,
Si comme ce Heros qui met Bellone aux fers,

Je ne sais quelque jour le bonheur de la France,
Et celuy de tout l'Univers.

Des gens d'esprit qui ont loüé ce Madrigal pour la pensée, trouvent un peu mauvais, que l'Auteur y fasse mettre Bellone aux fers. Cette Deesse, disent-ils, ne doit pas être traitée comme la discorde, ou comme les furies, elle est proche parente de Jupiter, & les anciens l'ont toujours respectée.

Tout ce que l'on pourroit dire pour excuser cette licence Poëtique, c'est que Bellonne est une Deesse cruelle, *Gaudens Bellona cruentis*, comme dit Horace. Virgile dit que c'est elle qui excite les furies, en les dechirant à coups de foüet:

Quam cum sanguineo sequitur Bellona flagello.

Je pourrois vous étaler ici beaucoup d'erudition: mais outre que ce n'est pas mon caractere, ce seroit porter de l'eau à la fontaine; je me contenteray d'ajouter que les Poëtes Chretiens ne sont pas si respectueux envers les divinitez fabuleuses, que l'étoient ceux du Paganisme: ils les maltraitent souvent, & beaucoup d'Auteurs payens leur en ont donné l'exemple.

Revenons à Monseigneur le Duc de

Bourgogne. Vous ſçavez, Monſieur, la magnificence avec laquelle on a celebré ſon mariage à la Cour. Tous les Arts ont été en mouvement, & ont tâché de rendre cette fête auſſi ſuperbe qu'elle a été agreable. Voicy une Deviſe ſur ce mariage qui m'a paru tres belle.

Le corps de la Deviſe eſt une Mer calme, ſur le bord de laquelle on voit un nid d'Alcions, regardant un Soleil qui diſſipe les nuages. L'ame eſt compriſe dans ces mots : *Te ſerenante*.

Il me ſemble, Monſieur, que l'on ne peut rien trouver de plus ingenieux. L'application de ce ſimbole eſt tres juſte, ſoit qu'on l'explique dans le ſens de la Fable, ou dans l'opinion de la Phiſique. Dans l'un, ce ſont les flots de la mer, qui reſpectent ces petits Oiſeaux ; & dans l'autre, ce ſont ces Oiſeaux, qui ont l'inſtinct de choiſir la ſaiſon tranquille pour bâtir leur nid ſur ce fougueux élement. Ecoutez comme le Soleil parle aux Vents, en la perſonne du Roy.

Rentrez, Vents furieux, dans vos grotes profondes,
A l'aſpect des rayons que j'épands dans les airs.
Fuyez, ne troublez plus & la terre & les ondes,
Je veux qu'un calme heureux regne en tout l'univers.

TE SERENANTE

entrés Vents furieux dans vos grotes profondes
l'aspect des raions que j'epands dans les airs ;
yés ! ne troublés plus et la terre et les ondes
veux que le repos regne en tout l'univers .

En voici d'autres sur le même sujet, où les Alcions parlent au Soleil.

Dans le sein du repos qui renaît icy-bas,
Soleil, à ta clarté que ne devons-nous pas ?
Les vents rentrent pour nous dans leurs grotes
profondes,
Les ondes s'abaissant respectent notre amour ;
Tout se taît : Mais c'est toy, brillant Pere du
jour,
Qui dissipes les vents, & qui calmes les ondes.

J'avois oublié de vous dire, en parlant des louanges que le Roy merite, que M. Pavillon a fait des stances sur la paix, dont la chute est tres heureuse. C'est lorsqu'il dit aux Ennemis, de ne pas tant compter les places que LOUIS leur rend, que celles qu'il leur pouvoit prendre. Ces vers sont dans le Mercure d'Octobre. Vous y trouverez aussi un Sonnet, où un apprentif Auteur, voulant s'élever jusqu'au ciel, tombe lourdement comme un autre Icare. Il dit, en parlant de la publication de la Paix :

Tandis que les Herauts l'annoncent à la terre,
Les feux volans la vont porter aux cieux.

Je ne veux pas m'arrêter à faire voir le ridicule de cette pensée, il se presente assez de luy même. Quittez donc promptement le Mercure, & prenez en main vôtre Boileau, pour y relire la premiere Epitre qu'il adresse au Roy. Vous y decouvrirez de nouvelles beautez ; Et cet Auteur, que les sots accusent mal à propos d'avoir tant imité les Anciens, est tout à fait original dans cette piéce. Quoy-qu'il y ait plus de dix ans qu'il l'a faite, rien ne convient mieux au temps où nous sommes. Si j'étois de l'humeur du Copiste B** je vous la raporterois toute entiere, & sur tout l'endroit où il dit:

Ouy, Grand Roy, laissons-là les Sieges,
les Batailles &c.

Il faut être bien hardi pour se mêler de faire des Vers, aprés que l'on a lû les siens. Cependant il y a un Auteur, dont les ouvrages paroissent depuis peu, qui ose courir dans la même carriere.

Ses Satires ne sont peut-être pas d'un tour si delicat ; mais elles ont leur merite, vous en jugerez. Voici des Vers de ce nouveau Satirique, au sujet d'une Medaille que le sieur Roussel va faire pour le Roy. J'en ay vu le modele, & je puis vous assurer que ce sera un tres beau morceau. L'air noble & majestueux de ce grand Prince, qui, selon M. Pelisson, échape aux efforts de la Peinture & de la Sculpture, & qui s'imprime si vivement dans les cœurs, y est parfaitement exprimé. Le même Graveur a fait un jetton admirable pour Madame la Ducheſſe de Bourgogne. Outre qu'il eſt bien gravé, la reſſemblance y eſt entiere.

EPITRE

au Sieur Rouſſel, Graveur des Medailles du Roy.

O toy qui chaque jour d'un penetrant burin,
Creuſes un dur acier dans le goût de Varin,
Et fais voir ſans relâche en diverſes medailles,
Les vertus de LOUIS, ſes Sieges, ſes Batailles,
Aujourd'huy, chez ROUSSEL, qu'il calme l'univers,
Et plonge pour jamais la diſcorde aux enfers,
Pour enrichir encor l'Hiſtoire Metallique,
Redouble tes efforts, & ſurpaſſant l'Antique,
Laiſſe aux ſiecles futurs des témoins éternels
Du bonheur ſans égal qu'il accorde aux mortels.
Si tu veux en donner une image naïve,
Fai-le voir couronné d'une féconde olive,
Et foulant à ſes pieds d'infertiles lauriers,
Superbes mais ſanglants ornemens des guerriers.
Dans un heureux revers grave auprés de la France
Les jeux & les plaiſirs, l'himen & l'abondance,
Et pour en rendre grace à ce fameux Heros;
Autour de la Medaille ajoute ces trois mots:
Au Vainqueur Pacifique. Eloge préferable
Au nom de Conquerant, de Grand, de Redoutable.

Et qui calmant l'eſprit de tous ſes envieux,
Rendra LOUIS aimé de la terre & des cieux.
Mais que voi-je ? Déja ta main docte & fidele
D'une ſi noble Tête a tracé le modele ;
Et ſur la cire molle exprimant tous ſes traits,
Tu mets dans ſes regards les deſirs de la paix.
L'illuſtre *Adelaïde* à qui tout rend les armes,
Dans cet autre portrait brille de mille charmes.
La douceur ſur ſon front s'exprime noblement,
Et ſa riche coeſure eſt ſon moindre ornement.
Acheve, cher ROUSSEL, ces precieux ouvrages.
Ils porteront ton nom juſqu'au dernier des âges.
Et l'inflexible Temps, qui ſape avec ſa faux
Obeliſques, Palais, Monumens triomphaux,
Qui renverſe & détruit les remparts & les villes,
Verra ſur tes metaux ſes efforts inutiles,
Et tes bronzes paſſant à la poſterité,
Recevront par ſes coups leur derniere beauté.

Quoy que cette Epitre ait été generalement approuvée des connoiſſeurs, il ſe trouva neanmoins des Critiques dans une aſſemblée de beaux eſprits, qui firent quelques obſervations. Un Poëte, qui me parut entendre la delicateſſe de la langue du Parnaſſe, dit que *creuſer un acier dans le goût de Varin*, étoit bas ; & qu'il falloit mettre, ſurpaſſes Varin, l'egales ou marches ſur ſes traces, & que ce *dans le goût*,

goût, quoique terme de l'art, ne pouvoit entrer dans une poëſie majeſtueuſe. C'eſt le defaut, ajouta-t-il, de M. P . . . qui dans ſes vers emploie des manieres de parler ſi baſſes, qu'elles aviliſſent tout ce qu'il traite. Il ne faut ſe ſervir en poëſie que de termes nobles, grands, & laiſſer les autres au diſcours ſimple & familier.

Rendra Louis aimé de la terre & des cieux

eſt un ſoleſciſme & une incongruité. Il faloit dire : Rendra Louis aimable, ou du moins, uſer de quelque autre phraſe. Il nous cita là-deſſus le Sonnet de Benſerade, où l'on a tant frondé cette expreſſion : *Vous rendra ma douleur connue.*

Chacun fut de ſon avis, & trouva la critique juſte. Il n'en fut pas de même d'un autre Cenſeur, qui pretendit qu'on ne pouvoit pas dire, que le Roy foulaſt ſous ſes pieds d'infertiles lauriers, parce qu'on ne foule aux pieds que ce qui eſt injuſte, horrible, & haïſſable, comme la Diſcorde, l'Erreur, & les Furies, & qu'il faloit dire, pour parler juſte, que le Roy preferoit la féconde olive de la paix, aux infertiles lauriers de la guerre.

Ce raiſonnement, qui parut d'abord ſpecieux, fut bien-tôt refuté par une perſonne d'eſprit. Je vous avoüe, repliqua-telle au Cenſeur, que cette expreſſion eſt ſinguliere : Mais pour être extraordinaire, elle n'en eſt pas moins juſte. Fouler aux pieds, ne ſignifie pas toujours mepriſer ou avoir en horreur, il veut dire auſſi quelquefois, refuſer ou preferer. Ainſi un Peintre ne ſeroit point blâmable, ſi pour repreſenter l'abdication de Celeſtin V. au Pontificat, ou celle de Charles-Quint à l'Empire, il faiſoit fouler aux pieds, à l'un les ornemens de la Papauté, & à l'autre, ceux de la Dignité Imperiale ; non pas parce qu'ils les auroient eu en horreur, ou qu'ils les auroient aquis injuſtement, mais parce qu'ils les preferoient à un plus grand bien, qui étoit celuy de leur ſalut. Je ſçay que des Hiſtoriens diſent, que ce Pape ne quitta la thiare que par les preſtiges de Boniface ſon ſucceſſeur, & que l'Empereur ſe repentit bien-tôt d'avoir renoncé à l'Empire. Mais ce n'eſt pas à nous de ſonder quelle fut leur intention ; il ſuffit qu'on puiſſe croire qu'ils eurent tous deux un ſaint motif.

Voulez-vous une autre comparaiſon ? Suppoſons qu'Auguſte, aprés avoir defait les reſtes du parti de Pompée, & aprés avoir vaincu Antoine que la Republique traitoit d'ennemi, eût effectivement rendu la liberté à ſa Patrie, comme il en eut quelque velleïté, les Poëtes de son temps n'auroient-ils pas pû dire, en louant cette action genereuse, que Cesar avoit foulé aux pieds ses lauriers & ses triomphes en refusant l'Empire qu'il avoit merité, & que Rome même le prioit de conserver?

Si l'on eût pû se servir de ces termes pour louer Auguste, qui par une vanité payenne eût refusé l'empire du monde, à combien plus forte raison peut-on les appliquer à un Monarque, qui par un courage vraiment heroïque, sacrifie le fruit de tant de victoires au bien de la Paix?

Je vais bien plus loin; car je soutiens que par un esprit de christianisme, le Roy peut fouler aux pieds ses lauriers, quelque justes qu'ils puissent être. Les Heros Chrêtiens ne font pas consister leur gloire à conquerir l'Univers, mais à se vaincre eux-mêmes, à maintenir la Religion & la Justice. C'est ce que M. Boileau a heureusement exprimé, quand il a dit:

—— En vain aux Conquerans
L'erreur parmi les Rois donne les premiers rangs:
Entre les grands Heros ce sont les plus vulgaires.

Les Payens même ont reconnu cette verité. Horace ne dit-il pas, qu'il est plus glorieux de dompter ses passions, que de se rendre maitre de toute la terre?

Latiùs regnes avidum domando
Spiritum, quàm si Libiam remotis
Gadibus jungas, & uterque Pœnus
Serviat uni.

Les guerres peuvent être justes dans la situation où la malice des hommes a mis l'Univers; mais c'est toujours une espece d'injustice, si on les considere par raport au premier ordre de la nature. Ainsi l'Ecriture nous dit que Dieu ne voulut point que David luy elevât un temple, parce qu'il étoit un homme de sang *Vir sanguinis*; Cependant David n'avoit entrepris la plupart de ses guerres que par l'ordre de Dieu même. Salomon, qui fut le plus sage & le plus grand de tous les Rois avant son idolatrie, fut un prince de Paix.

Il n'y a donc aucun inconvenient de dire, que le Roy par une moderation jusqu'ici sans exemple, ayant préferé la Paix à ses Conquêtes, a foulé aux pieds ses lauriers; & l'on ne peut pas mieux representer cette action qui eleve ce grand

Prince au deſſus de tous les Conquerants ; car il a ſacrifié ſa valeur à la Paix , au lieu que les autres ont ſacrifié la Paix à leur valeur.

Toutes ces raiſons determinerent la Compagnie à croire que non ſeulement *fouler aux pieds* n'étoit pas mal dit, mais que ces paroles renfermoient au contraire un tres beau ſens. Et pour achever de confondre le Cenſeur , quelqu'un ajouta , que la poëſie étoit un langage ſublime , hors de la portée de l'eſprit de beaucoup de gens.

Aprés cette conteſtation , de propos à autre on tomba ſur l'Opera de l'Europe Galante, qui attiroit tout Paris par la ſingularité du ſpectacle. Une perſonne qui l'avoit ſur ſoi , en lut le Prologue , & quelques autres endroits. On n'y trouva rien que de tres mediocre, & chacun ſouhaitta qu'un autre Quinaut & un ſecond Lully puſſent reparoître pour celebrer dignement la Paix. Il eſt pourtant vray que celui qui en a fait la muſique , donne beaucoup à eſperer de ſa compoſition : mais ſi le Muſicien approche tant ſoit peu de Lully, le Poëte eſt encore bien eloigné de Quinaut ; & je deſeſpere que ce Phœnix renaiſſe jamais de ſes cendres. Si vous me demandez d'où vient donc que cet Opera a un ſi grand cours, je vous repondray, que j'en ſuis ſurpris comme vous ; ce qui augmentera vôtre étonnement, c'eſt que le redoutable Roland eſt tombé devant un ſi lâche rival. Ne peut-on pas dire, que c'eſt Pâris qui tuë Achille? Si vous voulez vous donner la peine de le lire, vous n'y verrez autre choſe que des repetitions de tout ce que M. Quinaut a dit ſur l'amour ; encore en mauvais termes : comme quand Dom Pedros dit au Muſicien par qui il fait donner des ſerenades à ſa Maîtreſſe :

Rendez-lui le plaiſir que je ſens à l'aimer.

Vous y verrez un Italien qui eſt jaloux d'un rival que ſon amante lui prefere : comme ſi c'étoit un caractere particulier à cette nation. Voici une Epigrame ſur ce ſujet.

CEtte Europe Galante eſt *le païs de tendre.*
L'Auteur y dit par tout, que l'amour & ſes coups
Sont un badinage ſi doux,
Que l'on ne ſçauroit s'en deſendre.
Enfin cet Opera, qu'en foule on court entendre,
Favorable aux Amants, & funeſte aux Epoux,
N'eſt autre choſe, à le bien prendre,
Qu'un lieu commun de *rendez-vous.*

Il y a encore un Balet à la Turque, qui divertit fort, quoyque ce ne soit qu'une imitation de celuy de Moliere dans le Bourgeois Gentil-homme. Au reste il est surprenant que le bel esprit soit si bas qu'il est à present.

Le Roy fait tous les jours de nouvelles actions dignes d'être transmises à la posterité, & le nombre des beaux esprits diminue à mesure que sa gloire augmente. La nature se lasse, pour ainsi dire, de produire de grands genies sous son regne ; & luy seul ne se lasse point, & avance toujours dans la carriere de l'heroïsme. Combien d'excellens Auteurs en tous genres, sont morts, & ne sont point remplacez ? Ceux même qui restent ont vielli, & sont si differens de ce qu'ils ont été, qu'on ne ne les reconnoît plus. Où sont les Corneilles, les Molieres, les Quinauts, les Bussis, les Pelissons, les Pascals, les la Fontaines les R** les D** ?

Ils sont passez sans espoir de retour.

Je ne veux pas nier qu'il n'y ait encore quelques bons esprits, qui tâchent de se rendre dignes du siécle de LOUIS LE GRAND ; mais ils ont bien de la peine à se faire jour au travers d'un tas de mauvais Auteurs de nouvelle cruë, & plus abondans que les hannetons que l'on voit foisonner dans un eté sans pluye. Le même Auteur que j'ay cité au sujet de la medaille du Roy, dit assez plaisament dans une Epître qu'il adresse à Monseigneur le Duc de Bourgogne, que

L'entier abaissement de ces Esprits mal faits
Doit être à l'avenir un des fruits de la Paix.

Il a raison, & je ne sçay point d'ordre dans le Royaume qui aye plus besoin de reforme, que celui des Auteurs. On ne voit plus parmi ces nouveaux faiseurs d'ouvrages d'esprit, que de mauvais copistes, d'impudens plagiaires, de faux plaisants, & de vrais conteurs de sornetes de *ma mere l'Oye*. Les bonnes plumes sont en si petit nombre, qu'elles sont comme ensevelies sous la multitude des fades Ecrivains.

Cette digression m'a un peu ecarté de l'Opera dont je vous parlois, mais je crois que vous me la pardonnerez aisément ; car vous ne haïssez pas moins que moy, ceux qui en sont le sujet. Parmi un grand nombre de mauvais vers que les Poëtes du temps font pour mettre en musique, voici ce que j'ay pu trouver de plus suportable. Si vôtre habile Musicien les trouve à son gré, il peut les mettre en chant. C'est un dialogue entre les principales Nimphes des Fleuves de l'Europe sur la Paix.

LA NIMPHE DE LA SEINE.

PEuples infortunez, qui depuis si long-temps
Gemissez sous le joug d'une guerre cruelle,
Et qui revoyez tous les ans
Le Soldat animé d'une fureur nouvelle :
Aprenez que Louis touché de vos malheurs
Veut enfin essuyer vos pleurs.

Son bras pouvoit encor, suivi de la victoire,
Se signaler au champ de Mars ;
Mais au bien de la Paix il immole sa gloire,
Et retire ses Etendars.

Non, vous ne perdrez plus le doux fruit de vos peines.
Venez habiter vos hameaux,
Cultivez vos monts & vos plaines,
Et nourrissez mille troupeaux.

Dancez au ſon de vos muſetes,
Et faites retentir les airs,
De mille tendres chanſonnetes,
En faveur du Heros qui vient briſer vos fers.

Vantez ſa valeur, ſa clemence,
Reconnoiſſez qu'il eſt le plus puiſſant des Rois.
Vantez le bonheur de la France,
De ſe voir ſoumiſe à ſes loix.

LA NIMPHE DU PO.

OUY, La Paix eſt un don de ſa main bienfai-
ſante.
Las de nous voir en proye à tant de maux,
Il veut prevenir vôtre attente,
Et vous procurer le repos.

J'ay ſenti quelque temps tout le poids de ſes
armes:
Mais depuis l'heureux jour qu'il m'a donné la
Paix,
Ce Heros ſi rempli de charmes
Ma comblé de mille bien-faits.

Nimphes du Danube & du Tage,
N'irritez plus ce Vainqueur indompté.
Vous avez ressenti l'effet de son courage,
Eprouvez, comme moy, l'effet de sa bonté.

LA NIMPHE DE LA TAMISE.

Recevez, mes cheres Compagnes,
La Paix qu'il veut bien vous offrir :
La guerre a mille fois desolé vos campagnes ;
Delivrez-vous des maux qu'elle vous fait souffrir.

A l'abri de la Paix que ce Heros vous donne,
Vous verrez en tous lieux renaître les plaisirs.
Bacchus, Ceres, Flore & Pomone,
Viendront contenter vos desirs.

LES NIMPHES DE LA MEUSE DE LA SAMBRE, ET DU RHIN.

ENFIN nous voila desarmées,
Il faut ceder au plus grand des Vainqueurs.
Par ses rares vertus dont nous sommes charmées,
Il se rend maitre de nos cœurs.

Oublions pour jamais cette fatale haine,
Qui nous a desunis de l'Empire François,
Et convenons avec la Seine,
Que son Heros est le plus grand des Rois.

Vantons sa valeur, sa clemence,
Et disons mille & mille fois,
Que rien n'est comparable au bonheur de la France,
De se voir soumise à ses loix.

Ces paroles ne manquent pas d'agrément : mais peut-être que vôtre Musicien trouvera ce sujet trop long. En voici un autre plus court : c'est une Idile entre des Bergers de Marli ou de quelqu'autre Maison du Roy, il n'importe.

Aprés un petit concert d'instruments imitant le chant des Oiseaux, & le murmure des ruisseaux, un Berger dit :

FONTAINES qui dans ces Bocages,
Roulez le cristal de vos eaux,
Et vous agreables Oiseaux,
Qui nous charmez par vos ramages :
Suspendez vos concerts si doux ;
Pour un moment écoutez-nous. *Bis.*

Le

Le Concert doit recommencer, & finir un moment aprés.

UN AUTRE BERGER.

Chantons, Bergers, en cette aimable fête,
Les charmantes vertus du Maitre de ces lieux,
Cueillons des fleurs pour couronner sa teste,
Il est cheri des mortels & des Dieux.

UN AUTRE.

Son ame grande & genereuse,
Des plus rares vertus est un riche tresor.

UN AUTRE

Il va par une Paix heureuse,
Nous ramener le siecle d'or.

Plusieurs ensemble.

Heureux les Enfans d'un tel Pere!
Heureuse sa posterité!
Fasse le ciel que rien n'altere
Le cours de sa felicité!

Un seul.

O vous qui de nos destinées;
Disposez souverainement,

Parques, filez si lentement
Ses jours, ses mois, & ses années;
Qu'il puisse voir encor cent fois
Renaitre les fleurs & les bois.

En voila bien assez pour des Bergers. Il y a dans ce petit Poëme de quoy faire un joli concert, si vôtre Musicien s'en veut donner la peine. Mandez-moy comment il aura reussi. Les Comediens jouent une Tragedie intitulée *Oreste & Pilade*. De vous dire si cette piece merite le succés qu'elle a,

Je ne l'oserois quasi faire;
Car à vous parler franchement,
Quand un Auteur est Mousquetaire,
Il faut loüer, ou bien se taire.

Un Poëte plus hardi que moy a fait pourtant cette Epigramme:

Les Mousquetaires & les Pages,
Peu connoisseurs en bons ouvrages,
Ennuyoient, en siflant les vers les mieux reçûs.
Mais depuis qu'au bon sens continuant la guerre,
Ils sont Auteurs devenus:
Ils incommodent encor plus
Sur le Theâtre qu'au Parterre.

Comme il n'y a point de regle generale, qui n'ait ſon exception, auſſi y a-t-il des Mouſquetaires, qui non ſeulement ont le bon goût, mais même qui donnent des critiques juſtes ſur les ſots ouvrages : témoin les chanſons de Monſieur de Saint-Gilles, qui ont fait plaiſir à tous les gens d'eſprit.

On nous promet Manlius autre tragedie, & le Marquis d'Induſtrie, en cinq actes. Quand ces pieces paroîtront, je vous les envoiray avec le ſentiment des connoiſſeurs.

L'Epître que M. Deſpreaux vient de mettre au jour ſur l'Amour de Dieu, & une ſatire qu'un nouveau Satirique a faite pour prouver ſon exiſtence contre les Athées, a donné lieu à l'Epigramme ſuivante.

EN malice, en erreur, le ſiecle ne peut croître :
On combat la raiſon de même que la Loy ;
Et pour Dieu, ce ſouverain Maître,
On manque d'amour & de foy.
Au ſein de la ſatire, homme indigne de l'être,
De tes devoirs pour Dieu daigne au moins t'informer :
Philon apprend à le connoître,
Et Deſpreaux à l'aimer.

Ce Philon eſt un nom ſupoſé, que ce nouveau Satirique s'est donné dans un Livre intitulé, *Le Poëte sans fard.* Voici une Satire de sa façon. Ce n'est, pour ainsi dire, qu'une ébauche, & ce sujet pouvoit être poussé plus loin.

SATIRE

A MONSIEUR DE HARLAY, Plenipotentiaire de Sa Majesté Tres-Chrêtienne, pour la Paix generale.

IL n'est rien icy-bas de si doux que la Paix.
On fait pour l'obtenir les plus ardents souhaits :
On la demande au Ciel avec un cœur sincere :
Seigneur, accordez-nous cette Paix salutaire,
(Disions nous chaque jour humblement prosternez ;)
C'est l'œuvre de vos mains, & vous seul la donnez;
Reünissant les cœurs des Princes de la Terre,
Finissez, ô grand Dieu, les malheurs de la guerre.
C'est ainsi, DE HARLAY, que les tristes mortels,
Demandoient cette Paix au pied des saints autels.
Aujourd'huy Dieu touché des pleurs de son Eglise,
D'un si rare bien-fait enfin nous favorise,
Et LOUIS se livrant au penchant de son cœur,
Ne retient de ses droits que le nom de Vainqueur.
Toy qui chez les vaincus portas le Caducée,

De Harlay, sur la Paix écoute ma pensée.
C'est en vain que le Ciel par ce fameux Heros
Accorde à l'Univers la Paix & le repos ;
L'homme, l'homme toujours en guerre avec luy-même,
Bien loin de profiter de ce bonheur suprême,
Suivant des passions les funestes liens,
Va convertir en mal le plus parfait des biens.
Ouy, la Paix va donner à mille ames venales
Les moyens d'assouvir leurs passions brutales ;
Et tel depuis long-temps ne desire la Paix,
Que comme une saison plus propre à ses forfaits.
Combien de Scelerats échapez au carnage,
Reviendront exercer un affreux brigandage ;
Et loin du Champ de Mars, honorable tombeau,
Mourront indignement par la main d'un Bourreau ?
Mais tu sçais, de Harlay, ce qu'enseigne la Fable.
Le gibet n'est souvent que pour le moins coupable,
Le moucheron est pris où la guespe a passé.
Corderus est puni, Bronte est recompensé.
Revenons à la Paix, cette beauté divine ;
Elle ne regne point où le vice domine.
Impudique, faussaire, avare, ambitieux,
Tu ne peux posseder un bien si pretieux.
Il faut, pour en joüir, eteindre dans ton ame
De la cupidité la devorante flame,

Suivre de la raiſon le chemin peu battu,
Et n'avoir pour objet que la ſeule vertu.
Si vous interrogez le Procureur Guillaume,
Je prens part, dira-t-il, *au bon-heur du Royaume :*
La guerre de tout temps fut contraire au Palais,
Et l'on va voir bien-tôt refleurir les procez.
O digne ſentiment d'un homme plus barbare
Que le Scithe cruel, ou l'inhumain Tartare !
Il ſe plaindroit encor, eût-il autant volé
Que tous les P. T. S. dont l'Enfer eſt peuplé.
Cependant s'il a ſçû, même pendant la guerre
Aux depens des Plaideurs acquerir une terre,
Des rêtes en cõtrats pour deux cent mille francs,
Que ne fera-t-il point, grand Dieu dans le bon temps !
Jamais dans ſon Etude il ne fait de partage,
Qu'il ne ſoit tout au moins d'un quint dans l'heritage ;
Et ce Tartufe adroit couvre ſi bien ſon jeu,
Qu'on luy rend grace encor, comme ayant pris trop peu.
Non jamais la chicane, en mauvais cœurs fertile
N'a produit au Palais de fourbe plus habile.
Il feroit au beſoin des Leçons à Rolet ;
Il en ſçait plus luy ſeul que tout le Châtelet.
Affectant toutefois une entiere droiture,
Il tranche du ſaint Yve en fait de procedure,
Et dans tous ſes devoirs paroiſſant regulier,
Il pretend quelque jour devenir Marguillier,

Afin que dans ce poste employant sa pratique,
Il vole les Autels, le Pauvre, & la Fabrique.
C'est pour de tels desseins que ce roy des fripons
Attend depuis long-temps la Paix & tous ses dons.

Ma Muse, DE HARLAY, n'est pas assez feconde,
Pour parcourir ainsi tous les emplois du monde,
Où l'homme avec ardeur ne desire la Paix,
Que pour voir reüssir ses injustes projets.
Car bien loin de chercher la Paix pour elle-même,
Souvent elle luy cause une douleur extrême,
Et maint lâche Traitant, par la taxe allarmé,
Ne voit qu'avec chagrin l'Univers desarmé.

Comme je sçay que vous aimez les Epigrammes, j'auray soin de recueillir toutes celles où je trouveray de ce sel réjouissant, dont Catulle & Martial ont rempli les leurs. Un Auteur que je nommeray *Crispin*, choqué de se voir mis par un Satirique au rang des mauvais Auteurs, lui dit:

TU peux dans tes rimes sauvages
Avec les Laquais & les Pages
Décrier mes vers & mon nom:
J'excuse ta veine écoliere.
Qui met Renard avec Moliere,
Peut bien me mettre avec P**

Voici comme le Satirique y répond.

FAISANT marcher Renard de pair avec Moliere,
De même que Crispin de pair avec P**
J'ay fait une faute grossiere,
Et j'en demande pardon :
Moliere pour la science,
Et Crispin pour l'ignorance
Sont hors de comparaison.

Au reste, Monsieur, vous remarquerez aisément que selon vos ordres je cherche bien moins à vous plaire par la beauté de mon stile, que par le choix des bons ouvrages : je vous avoüe que s'il me faloit aporter plus de soin à polir mon discours, cela me gêneroit extrêmement, & je pourrois bien-tôt me lasser, mais puisque vous n'exigez pas de moy cette exacte regularité, vous pouvez conter que je ne m'épuiseray point, & que je seray en état de vous servir long-temps dans l'emploi dont vous m'honorez : J'ay déja fait un fond de plusieurs vers en tout genre, sans ceux que j'attends encore : adressez vos réponces ruë S. Jacques à l'Empereur & au Lion d'or, & me croyez parfaitement,

Votre tres humble, &c.

EXTRAIT DU PRIVILEGE du Roy.

PAR Grace & Privilege du Roy, donné à Paris le 7. Janvier 1698. signé par le Roy en son Conseil, LOUVET, & scellé du grand Sceau de cire jaune, il est permis à Pierre Delaulne, Imprimeur, de faire imprimer, vendre & debiter un livre intitulé : *Le Secretaire du Parnasse*, ensemble ou séparément, en un ou plusieurs volumes, & continuer dans la suite, pendant le temps de *six* années : Avec défenses à tous Libraires & Imprimeurs de notre Royaume, & à toutes autres personnes, de quelque qualité & condition qu'elles soient, de l'imprimer, faire imprimer, vendre & debiter durant ledit temps dans aucun lieu de notre Royaume, sans la permission de l'Exposant, sous pretexte d'augmentation, correction, ou autrement ; à peine de trois mille livres d'amende par chacun desdits Contrevenans, confiscation des exemplaires contrefaits, & de tous dépens, dommages & interêts ; le tout ainsi qu'il est plus au long porté par lesdites Lettres de Privilege.

ã ij

Registré sur le Livre de la Communauté des Libraires & Imprimeurs de Paris, le 10. Janvier 1698.

Signé P. AUBOUIN.

Achevé d'imprimer pour la premiere fois le 15. Janvier 1698.

AVIS.

On donnera dans la suite le Secretaire du Parnasse, *le premier jour de chaque mois.*

www.ingramcontent.com/pod-product-compliance
Ingram Content Group UK Ltd.
Pitfield, Milton Keynes, MK11 3LW, UK
UKHW020420220726
13923UKWH00005B/2060

9 782329 064666